Ojos

ANIMALES EXTRAORDINARIOS

Xulio Gutiérrez

Ilustraciones de
Nicolás Fernández

FAKTORÍA K DE LIBROS

ÁRBOL DE LA VIDA

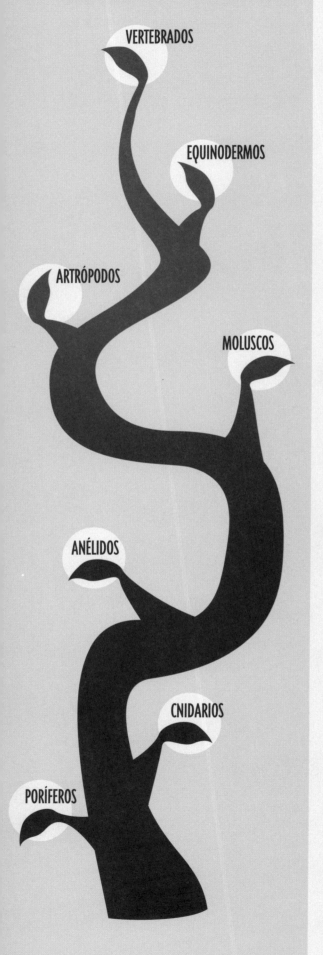

VERTEBRADOS

EQUINODERMOS

ARTRÓPODOS

MOLUSCOS

ANÉLIDOS

CNIDARIOS

PORÍFEROS

Principales grupos del Reino Animal

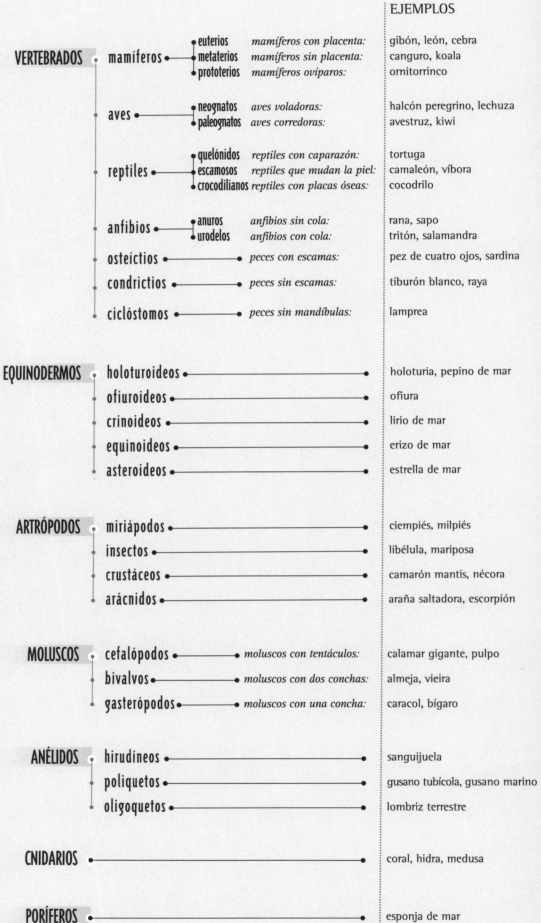

EJEMPLOS

VERTEBRADOS

- mamíferos
  - euterios — *mamíferos con placenta:* — gibón, león, cebra
  - metaterios — *mamíferos sin placenta:* — canguro, koala
  - prototerios — *mamíferos ovíparos:* — ornitorrinco
- aves
  - neognatos — *aves voladoras:* — halcón peregrino, lechuza
  - paleognatos — *aves corredoras:* — avestruz, kiwi
- reptiles
  - quelónidos — *reptiles con caparazón:* — tortuga
  - escamosos — *reptiles que mudan la piel:* — camaleón, víbora
  - crocodilianos — *reptiles con placas óseas:* — cocodrilo
- anfibios
  - anuros — *anfibios sin cola:* — rana, sapo
  - urodelos — *anfibios con cola:* — tritón, salamandra
- osteíctios — *peces con escamas:* — pez de cuatro ojos, sardina
- condrictios — *peces sin escamas:* — tiburón blanco, raya
- ciclóstomos — *peces sin mandíbulas:* — lamprea

EQUINODERMOS

- holoturoideos — holoturia, pepino de mar
- ofiuroideos — ofiura
- crinoideos — lirio de mar
- equinoideos — erizo de mar
- asteroideos — estrella de mar

ARTRÓPODOS

- miriápodos — ciempiés, milpiés
- insectos — libélula, mariposa
- crustáceos — camarón mantis, nécora
- arácnidos — araña saltadora, escorpión

MOLUSCOS

- cefalópodos — *moluscos con tentáculos:* — calamar gigante, pulpo
- bivalvos — *moluscos con dos conchas:* — almeja, vieira
- gasterópodos — *moluscos con una concha:* — caracol, bígaro

ANÉLIDOS

- hirudíneos — sanguijuela
- poliquetos — gusano tubícola, gusano marino
- oligoquetos — lombriz terrestre

CNIDARIOS — coral, hidra, medusa

PORÍFEROS — esponja de mar

Animales extraordinarios

Ojos

Nuestra visión es una de las más perfectas del reino animal: somos capaces de ver casi todos los colores, detectamos el movimiento con precisión y disponemos de una visión estereoscópica que nos permite ver el mundo en tres dimensiones y calcular las distancias con exactitud.

La mayoría de los animales ven de una forma muy diferente a la humana. Unos aprecian colores que nosotros no podemos distinguir. Por ejemplo, las abejas aprecian vistosos dibujos de color ultravioleta en flores que a nosotros nos parecen blancas. Otros ven con más nitidez, tienen un mayor campo visual o cuentan con una visión nocturna tan sensible que les permite cazar en condiciones en las que nosotros no veríamos nada. Uno de estos animales es el tarsero *(Tarsius sp.)*, un pequeño primate arborícola que vive en las selvas del sudeste asiático y que se puede ver en la portada de este libro.

Los colores del mundo dependen del ojo que los mira.

Millones de años de evolución han provocado la aparición de ojos adaptados a todo tipo de ecosistemas: ojos que permiten escudriñar el medio ambiente, reconocer los peligros, capturar presas..., en resumidas cuentas, sobrevivir.

En este libro descubriremos cómo ven algunos de estos animales extraordinarios y compararemos su visión con la de los seres humanos.

GIBÓN

Hylobates sp

Es un pequeño primate de la superfamilia de los homínidos.

Hay 15 especies de gibones; todos tienen los brazos muy largos y carecen de cola.

El gibón vive en grupos formados por varias parejas con sus crías. Su comida preferida son los higos. Completa su dieta con frutas, hojas, flores, insectos y otros pequeños animales invertebrados.

El gibón pasa casi toda su vida colgado de las ramas más altas de los árboles, de los que no baja casi nunca. Se desplaza con una agilidad increíble balanceándose de una rama a otra y haciendo piruetas espectaculares. Las pocas veces que camina por el suelo anda con los brazos cruzados por encima de la cabeza, así mantiene mejor el equilibrio. Es el mono que más se parece al hombre en su forma de andar.

Las manadas de gibones son muy ruidosas: gritan y aúllan, todos al mismo tiempo, canciones muy complejas. Cuando están en grupo se sienten seguros y, entre todos, espantan a otros monos de su territorio.

El gibón bizquea mucho. Mueve los ojos independientemente: los dos hacia adentro para enfocar objetos cercanos o los dos hacia afuera para enfocar objetos distantes. Además es capaz de cambiar el enfoque mucho más rápido que los humanos: en un instante pasa de mirar la fruta que se está comiendo a ver el águila que se cierne sobre él. Esto puede salvarle la vida.

Vive en las densas selvas tropicales y subtropicales del sudeste de Asia.

Precisión de acróbata

La mayoría de los mamíferos no distinguen los colores, pero el gibón los percibe igual que el hombre. Esto le permite distinguir los frutos maduros –rojos, morados o amarillos– entre el follaje verde de la selva.

El gibón dispone de una extraordinaria visión en tres dimensiones: cada ojo produce una imagen ligeramente distinta. Ambas imágenes se superponen en el cerebro creando una escena con sensación de profundidad. Percibe las distancias mucho mejor que las personas y puede saltar entre las ramas y lianas de la selva sin tropezar y caer al suelo.

Para tener esta visión binocular tan buena, la cara tiene que ser chata y los ojos deben estar dispuestos hacia el frente. Su campo visual es muy pequeño: solo puede ver lo que tiene delante y no lo que tiene a los lados. Así ve una persona a través de unas gafas de buceo.

LEÓN

Panthera leo

Es un gran felino de cuerpo musculoso y dotado de una dentadura colosal
en la que destacan cuatro enormes colmillos.

El león es el depredador más poderoso y conocido de la sabana africana. Vive en manadas formadas por un grupo de hembras con sus cachorros, bajo el dominio de uno o
dos grandes machos. Los machos que non consiguen dominar una manada, viven solos
o en pequeños grupos, lejos de las hembras.

El león pasa la mayor parte del día sesteando a la sombra de un árbol, moviéndose lo
menos posible para soportar mejor las altísimas temperaturas de la sabana. Al anochecer
se pone en movimiento para buscar agua y alimento. Las presas habituales del león son
los grandes herbívoros que pastan en las inmensas llanuras de África. Cuando cazan
animales tan grandes y veloces, las leonas forman partidas muy bien organizadas. Para
capturar animales más grandes, como elefantes y jirafas, necesitan la colaboración del
macho que, con sus 250 kg de peso, se cuelga del cuello de la víctima hasta derribarla
para que las leonas puedan despedazarla.

Visión nocturna del león

Visión nocturna del ser humano

Cazador nocturno

Gracias a su extraordinaria visión nocturna, los ataques del león son mucho más efectivos de noche que de día. Puede localizar una presa a cientos de metros de distancia aunque esté iluminada solo por la luz de las estrellas.

Su agudo oído y su sensible olfato también le son de gran ayuda en las cacerías nocturnas.

El ojo del león percibe hasta el más tenue resplandor durante la noche lo que le permite ver mucho mejor que los demás animales. Esto es así porque detrás de la retina tiene una membrana parecida a los reflectores de las bicicletas. Esta membrana, llamada *tapetum lucidum*, hace que los ojos del león brillen con un color azul turquesa cuando, de noche, son alcanzados por los faros de un automóvil. Lo mismo le sucede a otros felinos, como los gatos, que en esas circunstancias también quedan cegados y pueden ser atropellados.

CEBRA COMÚN

Equus quagga

Es un équido de la familia de los caballos y los burros.
De las tres especies de cebras que existen, esta es la más abundante.

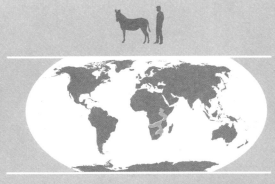

Vive en las extensas llanuras
de África oriental y del sur.

La cebra es un animal veloz, de patas largas y cuerpo robusto. Cuando galopa en campo abierto alcanza los 60 km/h. Es mucho más rápida que sus depredadores, pero si la acorralan se defiende con tremendos mordiscos y potentes coces que pega con las patas traseras. Para sobrevivir en un lugar tan abierto y plagado de peligros debe ser rápida desde muy joven: veinte minutos después de nacer, un potro es capaz de correr durante una hora delante de una hiena para salvar su vida.

Es un mamífero social. Forma grandes manadas de miles de individuos que se organizan en pequeños grupos familiares compuestos por un semental, varias hembras y sus potros.

Las cebras se reconocen entre ellas por las rayas que adornan su cuerpo. El dibujo de cada cebra es único, como las huellas dactilares de los humanos. Además, las rayas les resultan muy útiles para protegerse de los depredadores: cuando galopan juntas, la maraña de rayas blancas y negras en movimiento confunde a los grandes felinos y dificulta que seleccionen y acosen a una sola presa.

Las rayas de la piel de la cebra producen reflejos de luz que espantan las moscas y los tábanos. Estos molestos insectos prefieren atacar a animales de color uniforme. Por eso, las cebras evitan muchas enfermedades graves propagadas por insectos, como la enfermedad del sueño que transmite la mosca tse-tse.

Visión panorámica

La visión panorámica de la cebra es muy amplia porque tiene los ojos muy separados a ambos lados de la cara. Así puede controlar la posición de los numerosos carnívoros que la acechan en la sabana. Sin embargo, no puede ver lo que tiene justo enfrente porque le estorba el hocico. Por eso, para no tropezar, camina con la cabeza inclinada mirando hacia el suelo.

Las cebras de una misma manada colaboran para vigilar: mientras unas pastan, otras otean la llanura. Con frecuencia se sitúan por parejas, apoyando cada una la cabeza en la espalda de una compañera. Miran en direcciones opuestas y cubren así un ángulo de visión de 360 grados. Además de ser esta una posición segura, resulta cómoda, y cada una puede espantar con la cola los insectos que atormentan a su compañera.

La mayoría de los mamíferos herbívoros, como la cebra, ven bien durante el día, pero apenas distinguen los colores.

Su visión de noche es bastante mejor que la de los humanos, pero no tan buena como la de sus depredadores habituales: el león y la hiena. Compensan esta desventaja con un oído finísimo y un olfato fenomenal; cuando oyen o huelen cualquier traza de peligro huyen al galope.

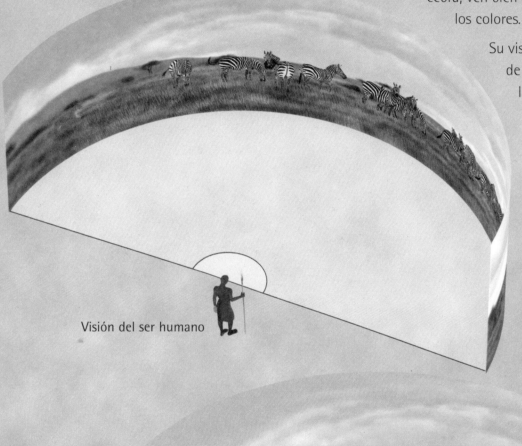

Visión del ser humano

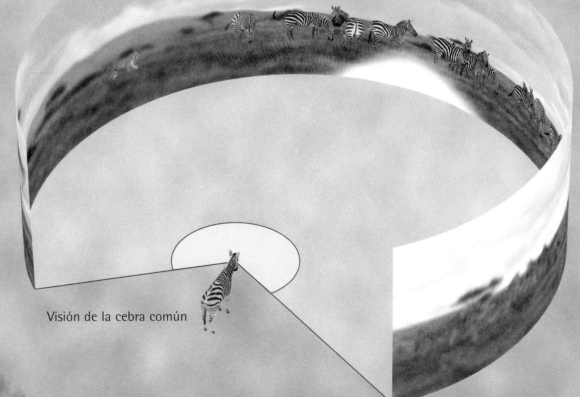

Visión de la cebra común

HALCÓN PEREGRINO

Falco peregrinus

Es un halcón mediano, del tamaño de un cuervo.

Se distingue fácilmente de las otras rapaces por su garganta blanca y la mancha negra que tiene debajo del ojo.

Visión del halcón peregrino   Visión del ser humano

Agudeza sin igual

La visión del halcón a larga distancia es cuatro veces más aguda que la humana.

Su retina cuenta con más de un millón de células sensitivas mientras que nosotros solo tenemos doscientas mil.

Sin embargo ve muy mal de cerca: para él las letras de este libro son como manchas negras. Los ojos del halcón no son esféricos como los nuestros sino que tienen forma de pera, de modo que en el centro de la retina se produce una imagen 2,5 veces más grande. Es como si tuviesen una lupa. El halcón, como la mayoría de las aves, tiene cuatro tipos de receptores para el color. Los humanos solo tres. El cuarto receptor les permite ver la luz ultravioleta. Así perciben colores que algunos animales tienen en su plumaje y que nosotros no podemos ver.

El halcón peregrino es un ave diurna. Le encanta cazar aves en vuelo aunque también captura en el suelo pequeños mamíferos, reptiles e insectos.

Muchos halcones viven en grandes ciudades porque en ellas encuentran muchas palomas, sus presas favoritas. Viven en parejas que permanecen unidas durante muchos años. La hembra es bastante más grande que el macho y ambos se alternan para cazar y cuidar a su prole. Aprovechan los aleros de los edificios más altos para anidar.

El halcón se eleva a gran altura para buscar una presa. Cuando la encuentra, pliega las alas, aletea ligeramente hacia abajo y se lanza en un vuelo picado en el que supera con facilidad los 300 km/h. Durante el vertiginoso descenso, controla la dirección con sutiles movimientos de las puntas de las alas. En el momento decisivo, golpea a su víctima con una de sus garras, cuidando de no hacerse daño por la violencia del impacto. Luego, recoge la presa antes de que caiga al suelo y se la lleva a un lugar tranquilo para descuartizarla y devorarla.

Durante los picados que realiza para cazar, los ojos del halcón están sometidos a un estrés brutal por el rozamiento del aire. Para protegerlos, tiene la córnea cubierta por una membrana que actúa como las gafas de un paracaidista.

Es una especie cosmopolita: habita todos los continentes excepto las regiones polares, las grandes selvas y los desiertos. Tampoco se encuentra en Nueva Zelanda.

LECHUZA COMÚN

Tyto alba

Es un ave rapaz de tamaño mediano.

Tiene la cara blanca con forma de corazón y dos largas patas con tarsos emplumados.

La lechuza es un ave sedentaria. Pasa el día descansando en un hueco que busca en una casa abandonada, en un campanario o en lo alto de un árbol, donde también suele hacer el nido. Al anochecer y poco antes del amanecer sale a cazar en espacios abiertos como valles o campos de cultivo.

La gente del campo aprecia mucho las lechuzas porque cazan animales que causan estragos en las granjas como ratones, musarañas y topos. Una lechuza adulta come tres o cuatro animales al día.

La lechuza puede cazar en completa oscuridad ayudándose solo de su agudísimo oído: utiliza los dos discos de plumas que forman su cara a modo de orejas, dirigiendo las ondas sonoras hacia los oídos, que están justo detrás de los ojos.

Calcula la distancia y la posición de la presa desde el aire, antes de abalanzarse sobre ella y atraparla con las garras. Sus víctimas no la oyen aproximarse porque su vuelo es lento y silencioso. Las plumas de sus alas son muy suaves y están cubiertas de diminutos pelillos en forma de gancho que evitan las turbulencias del aire que causan el ruido.

La lechuza dispone de tres párpados que le protegen los ojos. Utiliza el párpado superior para bizquear, y el inferior para cerrar el ojo cuando duerme. El tercero cruza la córnea en diagonal para limpiar la superficie del ojo.

Vive en amplias zonas de Europa, América, África, Australia y sur de Asia. Frecuentemente en zonas agrícolas.

Escudriñar en la oscuridad

Los ojos de la lechuza son muy grandes y no son esféricos como los nuestros. Tienen forma de tubo alargado y están dentro de un cilindro óseo, por eso la lechuza no puede moverlos sin mover la cabeza. Además, su ángulo de visión es mucho menor que el de los seres humanos. Cuando está posada buscando presas, mantiene el cuerpo quieto y gira mucho la cabeza hacia los lados, hasta 270 grados, gracias a que su cuello, formado por catorce vértebras, es muy flexible.

La lechuza ve muy bien de día porque las células sensitivas de su retina reaccionan muy bien a la luz y al movimiento. Ve mejor que nosotros, incluso con luz muy brillante, pero practicamente no percibe los colores.

Ningún animal es capaz de ver en la oscuridad absoluta, pero los ojos de la lechuza son tan sensibles que solo necesitan un tenue resplandor para detectar con detalle los movimientos de un ratón intentando ocultarse en las tinieblas. La única defensa del ratón es quedarse inmóvil para que la lechuza no lo vea.

La lechuza abre o cierra mucho la pupila para adaptar su visión a las más diversas condiciones de iluminación. Por eso, queda cegada durante unos minutos, como los gatos, cuando, de noche, tiene las pupilas dilatadas y le deslumbran las luces de los coches.

PEZ DE CUATRO OJOS

Anableps anableps

Es un pequeño pez de agua dulce.

Tiene ojos saltones, cuerpo cilíndrico y aletas con radios.

Vive en los estuarios
de los ríos de América Central,
desde Las Guyanas, Venezuela
y la isla de Trinidad
a la desembocadura del Amazonas,
en Brasil.

Visión del pez cuatro ojos

Visión del ser humano

Entre dos mundos

Este pez tiene dos ojos y no cuatro como dice su nombre, pero son ojos muy especiales: tienen dos pupilas cada uno que le permiten ver simultáneamente dentro y fuera del agua.

Con la pupila superior enfoca los objetos que hay sobre la superficie del agua, incluso a mucha distancia, para identificar las aves que vuelan sobre él intentando capturarlo. La pupila inferior le sirve para ver dentro del agua. Su visión subacuática es muy corta, pero suficiente para advertir la presencia de depredadores acuáticos y para cazar pequeños animales que viven en el río.

El interior de su ojo también tiene dos partes. La retina de la parte superior es más sensible a la luz verde y así identifica con claridad los depredadores que la acechan desde el bosque. La parte inferior es más sensible a la luz amarilla para distinguir los organismos que pululan en las aguas fangosas de color ocre.

El pez de cuatro ojos vive en grupos de varias decenas de individuos que nadan cerca de la superficie o se desplazan dando saltos fuera del agua. Es uno de los pocos peces capaz de vivir tanto en aguas dulces como salobres, por lo que puede sobrevivir en manglares y en las desembocaduras de los ríos.

Respira por branquias como todos los peces, pero es muy resistente a la desecación y, si es necesario, se arrastra sobre el barro para pasar de una charca a otra.

A menudo se le ve descansando al sol sobre una roca, aunque tiene que remojarse con frecuencia para no deshidratarse.

El pez de cuatro ojos tiene muchos enemigos que lo acechan desde el aire y desde el agua. Cuando ve acercarse un ave zancuda o un martín pescador, se sumerge rápidamente para escapar del ataque. Cuando el depredador es otro pez, salta fuera del auga, se desliza sobre la superficie o se sube a las rocas de la orilla del río.

TIBURÓN BLANCO

Carcharodon carcharias

**Es el mayor de los tiburones carnívoros
y uno de los peces más grandes que existen.**

**Tiene un cuerpo musculoso y una boca enorme
con grandes dientes aserrados.**

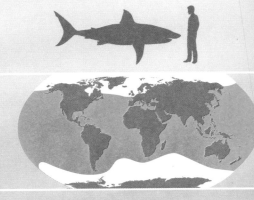

Vive prácticamente en todos los mares
y se le puede encontrar desde la superficie
hasta los 1000 metros de profundidad.

Se le llama tiburón blanco, pero solo tiene el vientre de este color. Su espalda es de color gris azulado y sobre ella destaca una inconfundible aleta triangular.

Es un cazador solitario, pero cuando viaja lo hace en compañía de otros tiburones. Nada con la boca abierta para tomar del agua el oxígeno que necesita para respirar. El agua entra por la boca, fluye a través de las branquias y sale por las cinco hendiduras que tiene en los costados.

La boca entreabierta del tiburón muestra sus armas más mortíferas: 150 dientes triangulares dispuestos en varias filas, cada uno tan largo y afilado como la hoja de una navaja de bolsillo.

El tiburón blanco es muy voraz. Se alimenta de todo lo que encuentra, desde cadáveres de ballenas hasta leones marinos. Cuando caza, nada en círculos alrededor de su víctima para observarla. Luego se sumerge y la acecha desde el fondo hasta que llega el momento adecuado para el ataque. Entonces, asciende hacia ella a tal velocidad que llega a salir dos metros por encima de la superficie con su presa en la boca.

El tiburón blanco es ovovivíparo: la hembra produce entre cuatro y ocho huevos que mantiene en su vientre hasta que las crías alcanzan un tamaño de un metro y pueden sobrevivir por ellas mismas. Entonces nacen y se alejan inmediatamente para que su madre no se las coma.

Mirada inquietante

Los ojos del tiburón blanco son pequeños, redondos y totalmente negros. Aunque por dentro son parecidos a los ojos humanos, su visión es muy diferente. Tiene un alcance de unos 20 metros y casi no percibe los colores.

El tiburón distingue mucho mejor que nosotros las siluetas de los peces cuando los mira desde abajo, a pesar de los reflejos del sol en la superficie del mar. Esto le resulta muy útil para atacar con precisión infalible. Su pupila es tan grande que sus ojos pueden captar gran cantidad de luz, por eso ve muy bien en aguas turbulentas.

Para encontrar presas en la inmensidad del océano, el tiburón utiliza otros sentidos antes que la vista: su excepcional olfato y unas terminaciones nerviosas que tiene en el extremo del morro. Estas terminaciones captan las pequeñas vibraciones del agua y los campos eléctricos que los animales producen al nadar.

Una vez seleccionada la presa, el tiburón se acerca a ella guiándose por la vista y se lanza al ataque desplazando los ojos hacia atrás para protegerlos dentro de los párpados.

CAMARÓN MANTIS

Gonodactylus smithii

Es un pequeño crustáceo de la familia de las gambas y las cigalas.

**Tiene unos colores muy vivos y dos grandes ojos
que mueve continuamente en todas direcciones.**

El camarón mantis vive escondido entre algas y piedrecillas en el fondo del mar. Su caparazón de colores le sirve de camuflaje porque imita los brillos del sol tropical sobre algas y corales.

Tiene un aspecto muy delicado, pero es agresivo y voraz. Ataca a animales mucho más grandes que él. Se alimenta de peces, gambas, moluscos y gusanos que atrapa con sus afiladas pinzas, semejantes a las de la mantis religiosa, de ahí su nombre.

Mientras está en reposo, el camarón mantis lleva las dos pinzas plegadas bajo el cuerpo. Cuando ataca, proyecta hacia delante una de las pinzas a la velocidad de una bala de pistola. El tremendo impacto puede partir en dos a su víctima.

El camarón mantis, por su belleza y fácil mantenimiento, es criado con frecuencia por los aficionados a los acuarios marinos. Estos deben ser muy prudentes cuando lo manipulan porque es un animal peligroso, capaz de rajar el dedo de un hombre o romper el cristal de un acuario de ocho milímetros de espesor con un solo golpe de su pinza.

Vive en los arrecifes de coral
del océano Índico occidental,
entre Nueva Caledonia
y la Gran Barrera Coralina de Australia.

Ojos perfectos

Los extraños ojos del camarón mantis le proporcionan la mejor y más compleja visión de todo el reino animal. Los científicos están investigando cómo funcionan estos ojos portentosos mediante experimentos y modelos digitales generados por ordenador, pero aún no han descubierto todos los secretos de su visión.

El ojo del camarón mantis tiene tres pupilas, por lo que ve los objetos desde tres perspectivas al mismo tiempo. Esto le aporta unha percepción de la profundidad muy exacta. Aunque tuviera un solo ojo, un camarón mantis sería capaz de calcular las distancias con más exactitud que una persona con los dos.

Cada ojo compuesto del camarón mantis está formado por diez mil ojos simples, y cada fila de ojos simples tiene una función: unas detectan la luz, otras, el color y otras, el movimiento.

En la retina tiene doce tipos de receptores del color, mientras que el ojo humano solo tiene tres, lo que le permite ver con nitidez presas transparentes que serían invisibles para nosotros. Es uno de los pocos animales capaces de distinguir la luz polarizada.

LIBÉLULA

Infraord. Anisoptera

Es un insecto de cuerpo largo y esbelto.
Tiene cuatro grandes alas rígidas y transparentes que no puede plegar sobre el abdomen.

La libélula es una gran cazadora. Se alimenta de pequeños insectos como moscas, mosquitos, polillas, mariposas o abejas. Es uno de los pocos animales que puede volar hacia adelante, hacia atrás, de lado e incluso rotar el cuerpo en el aire, como un helicóptero. Para realizar estos movimientos, mueve las alas independientemente unas de las otras y a distintas velocidades.

Cuando caza, se mantiene suspendida en el aire para que las presas la vean bien y se acostumbren a su presencia. De repente y antes de que tengan tiempo de reaccionar, hace una finta y se abalanza sobre ella a más de 85 km/h. Captura la presa con las patas y después la descuartiza con las afiladas piezas masticadoras de su boca.

Cuando copulan, las libélulas forman con sus cuerpos un arco en forma de corazón. Después, la hembra pone hasta 500 huevos en el auga, de los que nacen las crías, llamadas ninfas. Las ninfas son depredadores temibles: nadan entre las plantas acuáticas capturando renacuajos, pequeños peces y larvas de insectos con sus poderosas mandíbulas. Para ello se impulsan lanzando un chorro de agua por el ano, como si fuesen aviones a reacción. Varios meses después, cuando maduran, salen del agua y se suben a una planta. Al cabo de unos minutos su caparazón se resquebraja y de él sale la libélula adulta.

Vive en todos los continentes menos en la Antártida; en lugares próximos a lagos, charcas, ríos y tierras pantanosas.

Cazador implacable

Los ojos compuestos de la libélula son tan grandes que le cubren casi toda la cabeza como si fuese un casco. Estos dos ojos compuestos están formados por 30 000 ojos simples orientados en todas direcciones. Cada ojo simple produce una imagen y se la transmite al cerebro, que forma un mosaico con todas ellas.

Su visión es tan amplia que mira al mismo tiempo hacia abajo, hacia arriba y hacia los lados. Puede fijar la vista en una mosca a la vez que vigila los pájaros que intentan capturarla a ella.

La libélula distingue más colores que los seres humanos porque tiene cuatro tipos de pigmentos en la retina y nosotros solo tenemos tres. Sus ojos son sensibles a la luz ultravioleta, por eso percibe con más nitidez que nosotros el movimiento de los insectos sobre el cielo azul.

La visión de la libélula solo alcanza doce metros de distancia, pero detecta con increíble precisión los rápidos movimientos de los insectos en vuelo, lo que se puede comprobar si se la intenta coger con la mano.

Cuando se aproxima a una presa, utiliza los tres pequeños ojos que tiene en la frente para calcular con exactitud la distancia a la que se encuentra. Estos ojos están conectados directamente con los centros nerviosos que controlan los músculos de las alas. Por eso es capaz de reaccionar en una fracción de segundo y hacer extraordinarias acrobacias cuando persigue una presa.

ARAÑA SALTADORA

Fam. Salticidae

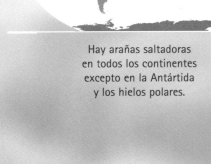

**Pertenece a una familia que comprende casi 6000 especies.
Todas son pequeñas, muy veloces y capaces de dar grandes saltos.**

La araña saltadora es un animal diurno que caza insectos pequeños y completa su dieta con néctar de flores.

Como todas las arañas, produce un hilo de seda muy resistente con el que teje un capullo en el que se resguarda si llueve, hace frío o es de noche.

Cuando caza, se desplaza dando cortas y veloces carreras y, de vez en cuando, se queda inmóvil para que no la detecten. Una vez que se sitúa a la distancia adecuada, da un gran salto –que puede ser de hasta 50 veces su longitud–, y cae sobre su desprevenida presa. ¡Es como si una persona saltara una distancia de 90 metros! No tiene grandes músculos, como los del saltamontes, sino un asombroso sistema hidráulico: las patas traseras acumulan sangre a mucha presión mientras están plegadas.

Hay arañas saltadoras
en todos los continentes
excepto en la Antártida
y los hielos polares.

Cuando la sangre se libera, la fuerza del líquido le da el impulso necesario para despegar. Esta araña puede saltar hacia adelante, pero también hacia los lados o hacia atrás, como la torre del ajedrez.

La araña saltadora no fabrica el hilo para tejer telarañas, sino para usarlo de cuerda de seguridad, como los escaladores. Si al cazar falla el salto y cae al vacío, entonces trepa por el hilo, sube al lugar dónde se encontraba y vuelve a intentarlo.

Visión arácnida

La araña saltadora tiene ocho ojos, como la mayoría de las arañas. Estos ocho ojos le proporcionan un campo de visión de 360 grados, por eso no necesita moverse para localizar a sus presas.

Los dos grandes ojos frontales se mueven independientemente uno del otro, y en su interior tienen cuatro capas de fotorreceptores. Su visión supera en nitidez a la del ojo humano, que solo tiene una capa de fotorreceptores.

Además de los tres colores básicos, la araña también percibe la luz ultravioleta. Así, ve mejor las alas de insectos que para nosotros son transparentes y para ella de color intenso.

Cuando acecha a una presa, la araña saltadora mueve ligeramente la cabeza para situar la imagen de su víctima en el centro de la retina, donde su agudeza visual es mayor. De esta forma calcula mejor la distancia y salta sobre ella con mayor precisión.

CALAMAR GIGANTE

Architeuthis sp

Es el cefalópodo más grande que se conoce.

Tiene el cuerpo blando. De su cabeza sobresalen dos largos brazos y ocho tentáculos con ventosas.

Vive en todos los océanos. De joven habita en aguas superficiales y, a medida que crece y se hace más viejo, baja a los fondos abisales, a más de 1500 m de profundidad.

El calamar gigante es el mayor invertebrado del planeta. El cuerpo de la hembra, que es más grande y pesada que el macho, llega a alcanzar los 4,5 m de largo y sus brazos más de quince metros.

Es un formidable depredador que se alimenta de peces, crustáceos y otros cefalópodos. Para cazar, proyecta hacia adelante los dos brazos, rematados en palas cubiertas de ventosas, con los que captura su presa. Luego la inmoviliza con los tentáculos, se la mete en la boca y la descuartiza con un pico semejante al de los loros, pero grande como un puño y duro como el acero.

Sus ventosas son parecidas a las del pulpo, pero mucho más grandes, pueden medir hasta cinco centímetros de diámetro. Cada ventosa tiene una corona de dientes con los que se adhiere con mucha fuerza a sus presas.

El principal depredador del calamar gigante es el cachalote, el único mamífero que puede descender a los abismos oceánicos donde vive el calamar. Los cachalotes detectan los calamares por ecolocación, los atrapan con sus fauces y ascienden rápidamente para matarlos por descompresión. Durante la subida a la superficie entablan una lucha épica: con las ventosas y el pico, el calamar produce profundas y graves heridas en la piel de la ballena.

El calamar gigante es el animal de más rápido crecimiento, hasta cinco centímetros al día, lo que explica el tamaño desmesurado que alcanza en los pocos años que vive. Existe otro calamar gigantesco, la cranquiluria *(Mesonychoteuthis hamiltoni)*, que podría ser aún más grande que el calamar gigante, pero del que, hasta hoy, solo se han encontrado restos incompletos de seis ejemplares. Este calamar, que vive en el océano Antártico, pesaría en torno a los 500 kg y tendría una longitud de catorce metros.

Ojo colosal

En la gran cabeza del calamar gigante destacan dos ojos enormes, los más grandes del reino animal: tienen 25 cm de diámetro, un poco más que un balón de baloncesto. Son muy parecidos a los ojos humanos: cuentan con retina, iris y pupila, pero carecen de córnea. Los ojos del calamar gigante son increíblemente sensibles a la luz porque están adaptados a la visión en el océano profundo, donde la oscuridad es total.

Estos grandes ojos no le sirven para cazar, sino para detectar la aproximación de su depredador, el cachalote. Cuando el cachalote agita el agua con su poderosa aleta caudal, los microorganismos bioluminiscentes que viven en el mar reaccionan a las turbulencias emitiendo un ligero res-plandor. El calamar lo percibe, pero, como su vista no alcanza más de 120 metros, dispone de muy poco tiempo para reaccionar y eludir a su agresor.

CARACOL COMÚN

Helix aspersa

Es un caracol grande, de cuerpo blando,
que vive dentro de una fina concha calcárea enrollada en espiral.

Visión del caracol común   Visión del ser humano

Ojos pedunculados

Los diminutos ojos del caracol están situados en la punta de dos largos apéndices carnosos que tiene en la cabeza y que mueve constantemente en todas direcciones. Cuando entran en contacto con algún objeto los esconde en el interior de la cabeza para protegerlos. El ojo del caracol es tan simple que solo capta imágenes muy borrosas de lo que tiene a menos de 50 cm de distancia. Apenas llega a reconocer la forma de las plantas y las piedras. Por eso se mueve poco, nunca más de un minuto en cada desplazamiento. Hay muchos depredadores, como aves,

mamíferos y reptiles, que lo intentan capturar mientras se arrastra por el suelo y él no los puede ver.

Los científicos estudian el ojo del caracol para entender cómo eran los ojos de los primeros animales dotados de visión. Para orientarse, el caracol suple su mala vista con un olfato muy fino con el que busca las plantas más sabrosas. También tiene un sentido del tacto muy desarrollado que le sirve para reconocer los objetos que toca con los dos palpos que tiene en la parte inferior de la cabeza.

Es original de las regiones mediterráneas de Europa y África. Hace 2000 anos fue introducido en Inglaterra por los romanos y hace 500 años en Sudamérica por los colonizadores españoles y portugueses. Hoy es cosmopolita.

Es un animal tan lento que solo se atreve a salir de su escondrijo de noche o cuando llueve. Su pie está formado por un solo músculo recubierto por piel gruesa empapada en una baba espesa. Esto le permite reptar por el suelo sin hacerse daño: podría deslizarse por el filo de una navaja sin cortarse.

El caracol carece de mandíbulas, pero tiene una especie de lengua, áspera como una lima, con la que ralla las plantas tiernas de las que se alimenta.

El caracol es macho y hembra a la vez, aunque no puede reproducirse por sí solo. En primavera todos los caracoles se comportan como machos. Cuando dos caracoles se encuentran, se frotan con el pie y se tocan con los palpos. Si ambos se aceptan, se pinchan con un dardo que tienen en la cabeza para estimular la cópula. Cada caracol recibe espermatozoides de su compañero y los guarda en una bolsa que tiene en la cloaca. Dos semanas más tarde, todos los caracoles se transforman en hembras: sus ovarios entran en funcionamiento y producen entre 80 y 100 óvulos. Luego vierten los espermatozoides que tienen guardados sobre los óvulos para fecundarlos. Finalmente hacen un agujero en tierra húmeda y depositan en él los huevos.

Durante los meses más calurosos del verano y también durante los más fríos del invierno, el caracol se mete en la concha, sella la abertura con una capa de moco seco y permanece en letargo.

FICHAS

GIBÓN

PÁGINA: 4

LAT: *Hylobates sp.*

ALE: Gibbon
FRA: Gibbon
ING: Gibbon
ITA: Gibbone
POR: Gibão

CURIOSIDADES

• La acelerada destrucción de las selvas tropicales pone en grave peligro la supervivencia del gibón y la de otras muchas especies de animales tropicales.

• Es capturado para vender como mascota o para elaborar medicinas tradicionales con sus órganos internos.

ALTURA	PESO	LONGEVIDAD	ALIMENTACIÓN	EXTINTO	AMENAZADO	BAJO RIESGO
44 - 90 cm	4 - 8 kg	30 años	omnívoro	EX EW	CR EN VU	CD NT LC

LEÓN

PÁGINA: 6

LAT: *Panthera leo*

ALE: Löwe
FRA: Lion
ING: Lion
ITA: Leone
POR: Leão

CURIOSIDADES

• La espectacular melena del león macho le hace parecer más grande de lo que en realidad es y mostrar a sus competidores su poderío y buen estado de salud.

• Cuando pelea con otros leones, la melena le protege la garganta que es el punto de ataque preferido entre ellos.

ALTURA	PESO	LONGEVIDAD	ALIMENTACIÓN	EXTINTO	AMENAZADO	BAJO RIESGO
107 - 123 cm	120 - 260 kg	16 años	carnívoro	EX EW	CR EN VU	CD NT LC

CEBRA COMÚN

PÁGINA: 8

LAT: *Equus quagga*

ALE: Steppenzebra
FRA: Zèbre des plaines
ING: Common zebra
ITA: Zebra comune
POR: Zebra-das-planícies

CURIOSIDADES

• El feto de la cebra es negro. A medida que va madurando le van saliendo rayas blancas. Por eso se dice que la cebra es un animal negro con rayas blancas.

• Cuando la radiación solar es muy intensa, las rayas negras de la cebra pueden estar 10 ºC más calientes que las blancas.

ALTURA	PESO	LONGEVIDAD	ALIMENTACIÓN	EXTINTO	AMENAZADO	BAJO RIESGO
130 - 150 cm	300 - 400 kg	30 años	herbívoro	EX EW	CR EN VU	CD NT LC

HALCÓN PEREGRINO

PÁGINA: 10

LAT: *Falco peregrinus*

ALE: Wanderfalke

FRA: Faucon pèlerin

ING: Peregrine falcon

ITA: Falco pellegrino

POR: Falcão-peregrino

CURIOSIDADES

· Es el animal más veloz del mundo: la máxima velocidad registrada por un halcón es de 389 km/h.

· El halcón, como otras muchas aves rapaces, ve 200 veces mejor los colores que los seres humanos.

ENVERGADURA	PESO	LONGEVIDAD	ALIMENTACIÓN	EXTINTO	AMENAZADO	BAJO RIESGO
80 - 120 cm	500 - 1200 g	18 años	carnívoro	EX EW	CR EN VU CD	NT LC

LECHUZA COMÚN

PÁGINA: 12

LAT: *Tyto alba*

ALE: Scheleiereule

FRA: Effraie des clochers

ING: Barn owl

ITA: Barbagianni

POR: Coruja-das-torres

CURIOSIDADES

· Después de comer regurgita lo que no puede digerir en forma de bolas peludas llamadas egagrópilas.

· Sus depredadores son el hombre y el búho real.

ENVERGADURA	PESO	LONGEVIDAD	ALIMENTACIÓN	EXTINTO	AMENAZADO	BAJO RIESGO
80 - 95 cm	350 g	12 años	carnívoro	EX EW	CR EN VU CD	NT LC

PEZ DE CUATRO OJOS

PÁGINA: 14

LAT: *Anableps anableps*

ALE: Vieraugen

FRA: Poisson à quattre-yeux

ING: Four-eyed fish

ITA: Pesci quattrocchi

POR: Tralhoto

CURIOSIDADES

· Los machos tienen el órgano sexual dirigido hacia un lado del cuerpo, derecha o izquierda. La abertura genital de la hembra está orientada de la misma forma, de manera que un macho solo puede copular con una hembra que tenga el orificio al lado contrario.

LONGITUD	PESO	LONGEVIDAD	ALIMENTACIÓN	EXTINTO	AMENAZADO	BAJO RIESGO
20 - 30 cm	300 g	8 - 10 años	omnívoro	EX EW	CR EN VU CD	NT LC

TIBURÓN BLANCO

PÁGINA: 16

Lat: *Carcharodon carcharias*

Ale: Weißer Hai
Fra: Grand requin blanc
Ing: Great white shark
Ita: Grande squalo bianco
Por: Tubarão-branco

Curiosidades

• La piel de los tiburones tiene la textura del papel de lija: no tiene escamas sino que está recubierta por miles de pinchos diminutos muy afilados llamados dentículos dérmicos.

Longitud	Peso	Longevidad	Alimentación
4 - 6,6 m	1000 - 2200 kg	15 - 30 años	carnívoro

Extinto	Amenazado	Bajo Riesgo
EX EW	CR EN VU	CD NT LC

CAMARÓN MANTIS

PÁGINA: 18

Lat: *Gonodactylus smithii*

Ale: Fangschreckenkrebse
Fra: Crevette-mante
Ing: Mantis shrimp
Ita: Stomatopoda
Por: Tamarutaca

Curiosidades

• Los ojos del camarón pueden moverse de forma independiente uno del otro, girando hasta 70°.

• Es conocido entre los buceadores como «la gamba rajadora de pulgares», por las lesiones que puede producir cuando se intenta coger con la mano desnuda.

Longitud	Peso	Longevidad	Alimentación
12 cm	20 g	6 años	carnívoro

Extinto	Amenazado	Bajo Riesgo
EX EW	CR EN VU	CD NT LC

LIBÉLULA

PÁGINA: 20

Lat: *Infraorden Anisoptera*

Ale: Großlibellen
Fra: Libellule
Ing: Dragonfly
Ita: Libellule
Por: Libelinha

Curiosidades

• Las patas de la libélula están dispuestas hacia delante. Esto le permite cazar con eficacia y posarse en plantas y piedras, pero le impide caminar.

• La libélula Meganeura, que vivió hace 300 millones de años, medía 75 cm de punta a punta de las alas.

Longitud	Peso	Longevidad	Alimentación
2 - 19 cm	variable	6 años	carnívoro

Extinto	Amenazado	Bajo Riesgo
EX EW	CR EN VU	CD NT LC

(variable según la especie).

ARAÑA SALTADORA

PÁGINA: 22

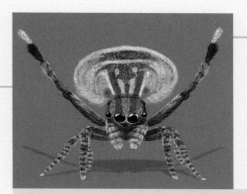

LAT:	*Familia Salticidae*
ALE:	Springspinnen
FRA:	Araigne sauteuse
ING:	Jumping spider
ITA:	Ragni saltellante
POR:	Aranha-saltadora

CURIOSIDADES

• La araña saltadora *Phidippus audax* está especializada en robar presas de las telas de otras arañas.

• La mayoría de las arañas son carnívoras. Algunas pueden complementar su dieta con plantas, pero solo hay una araña estrictamente hervíbora, la *Bagheera kiplingi*.

LONGITUD	PESO	LONGEVIDAD	ALIMENTACIÓN
3 - 17 mm	variable	1 - 24 años	carnívora

EXTINTO	AMENAZADO	BAJO RIESGO
EX EW	CR EN VU	CD NT LC

(variable según la especie).

CALAMAR GIGANTE

PÁGINA: 24

LAT:	*Architeuthis sp*
ALE:	Riesenkalmare
FRA:	Calmar géant
ING:	Giant squid
ITA:	Calamari giganti
POR:	Lula-gigante

CURIOSIDADES

• El ejemplar más grande fue encontrado en Nueva Zelanda en 1933; medía 21 m de largo y pesaba 275 kg.

• La aparición de cadáveres de este animal han dado lugar al mito escandinavo del Kraken que, según la leyenda, era un monstruo capaz de hundir barcos y devorar a toda su tripulación.

LONGITUD	PESO	LONGEVIDAD	ALIMENTACIÓN
20 m	250 kg	4 - 5 años	carnívoro

EXTINTO	AMENAZADO	BAJO RIESGO
EX EW	CR EN VU	CD NT LC

↑

CARACOL COMÚN

PÁGINA: 26

LAT:	*Helix aspersa*
ALE:	Gefleckte Weinbergschnecke
FRA:	Escargot petit-gris
ING:	Garden snail
ITA:	Chiocciola dei giardini
POR:	Caracol-comum-de-jardim

CURIOSIDADES

• Aunque es uno de los caracoles más rápidos, su velocidad máxima no supera los 30 metros por hora.

• Su sangre no es roja sino verde azulada porque contiene cobre en vez de hierro.

LONGITUD	PESO	LONGEVIDAD	ALIMENTACIÓN
3 - 4 cm	10 - 15 g	5 años	herbívoro

EXTINTO	AMENAZADO	BAJO RIESGO
EX EW	CR EN VU	CD NT LC

↑

GLOSARIO

Bioluminiscencia

Capacidad que tienen algunos animales de emitir luz para atraer presas o posibles parejas sexuales. También pueden atraer a los depredadores.

Descompresión

Es el cambio de presión que se produce al ascender o descender a las profundidades oceánicas. Algunos animales, como el calamar, están adaptados a vivir a presiones muy altas. No soportan el ascenso rápido a la superficie porque sus órganos internos revientan provocándoles la muerte.

Ecolocación

Sistema de detección que tienen algunos animales, como los mamíferos marinos y los murciélagos. Consiste en la emisión de ultrasonidos y en la detección del eco que producen cuando rebotan en las presas.

Fotorreceptores

Son las células sensitivas que se encuentran en la retina. Tienen pigmentos sensibles a ciertas longitudes de onda de la luz. Hay varios tipos de fotorreceptores: unos, denominados bastones, captan las formas y el movimiento, y otros, denominados conos, son sensibles a los colores. En función de los tipos de conos que tenga una especie, los científicos pueden saber los colores que es capaz de diferenciar.

Longevidad

Duración de la vida de un organismo. En las fichas de este libro consideramos la longevidad máxima de cada especie y no la duración de su vida en el medio natural, ya que la vida de los animales en libertad suele ser corta debido a los peligros de la naturaleza: enfermedades, depredadores, falta de alimento, desastres naturales y alteraciones del medio natural causadas por los seres humanos. En cautividad, con buena alimentación y cuidados veterinarios, suelen vivir mucho más.

Luz polarizada

Es un tipo de luz en el que las ondas electromagnéticas oscilan solo en algunos planos, mientras que en la luz no polarizada las oscilaciones se producen en infinitos planos. La polarización se produce cuando la luz solar (no polarizada) se refleja, cuando se dispersa en la atmósfera o el agua o cuando se difracta al pasar de un medio a otro. Algunos animales, como la abeja, la sepia, el pulpo y el camarón mantis, son capaces de percibir la luz polarizada e incluso diferenciar distintos tipos de polarización de la luz.

Superfamilia

Categoría taxonómica entre la familia y el suborden. Por ejemplo, la superfamilia de los hominoideos pertenece al suborden haplorrinos y comprende las familias hilobátidos (gibones y siamangs) y homínidos (orangután, chimpancé, bonobo, gorila y hombre).

Ovovivíparo

Animal que se reproduce por huevos pero que los mantiene dentro del cuerpo mientras las crías se desarrollan. Cuando están listas para vivir por sí solas, los huevos se rompen dentro de la madre y nacen las crías.

UICN

Unión Internacional para la Conservación de la Naturaleza. Esta organización estudia el estado de conservación de las especies y publica los resultados cada año. Las categorías establecidas son:

- Extinto (EX)
- Extinto en estado silvestre (EW)
- Amenazado (TR)
  · En peligro crítico (CR)
  · En peligro (EN)
  · Vulnerable (VU)
- Bajo riesgo (LR)
  · Dependiente de medidas de conservación (CD)
  · Próximo a la vulnerabilidad (NT)
  · Mínima preocupación (LC)
- Datos insuficientes (DD)
- No evaluado (NE)

Visión estereoscópica

La visión estereoscópica o visión binocular es un tipo de visión que se produce en el cerebro cuando se superponen las imágenes de dos o más ojos. Las pequeñas diferencias que existen entre las imágenes de cada ojo permiten al cerebro crear la ilusión de profundidad, como en el cine en 3D. La visión estereoscópica permite calcular con exactitud las distancias, lo que es muy útil a animales que, como el gibón, deben desplazarse con velocidad entre la tupida red que forman las ramas de los árboles en la selva.

Visión del color

La visión del color es una sensación que se produce en el cerebro, y que depende de la longitud de onda de la luz que alcanza la retina. Cada especie animal puede ver un rango de colores según los tipos de fotorreceptores que tiene en la retina. Los fotorreceptores de tipo cono responden a los colores. Los animales que tienen dos tipos, como los perros, ven en dos colores (amarillos y azules, aparte de la gama de grises); los que tenemos tres tipos, como los primates, vemos los colores del arcoíris, los que tienen cuatro tipos, como las aves, ven los colores del arcoíris y la luz ultravioleta. También hay animales que perciben la luz infrarroja e incluso los distintos tipos de luz polarizada. Los fotorreceptores de tipo bastón reaccionan al grado de iluminación de la luz y proporcionan visión en blanco, negro y la escala intermedia de grises. Los animales que poseen solo este tipo de fotorreceptor tienen visión monocromática, como el caracol.

Visión ultravioleta

Es la visión de un color que los humanos no percibimos porque no tenemos fotorreceptores sensibles a este tipo de luz. El color ultravioleta se corresponde con luz de longitud de onda más corta que la luz violeta.

© del texto: Xulio Gutiérrez, 2016

© de las ilustraciones: Nicolás Fernández, 2016

© de la traducción: Chema Heras, 2016

Coordinación de la colección Animales Extraordinarios: Chema Heras

© de esta edición: Kalandraka Editora, 2016
Rúa de Pastor Díaz, n.º 1, 4.º A - 36001 Pontevedra
Tel.: 986 86 02 76
edicion@kalandraka.com
www.kalandraka.com

Faktoría K de libros es un sello editorial de Kalandraka

Impreso en Gráficas Anduriña, Poio
Primera edición: junio, 2016
ISBN: 978-84-15250-97-5
DL: PO 196-2016
Reservados todos los derechos